NOUVELLE BIBLIOTHÈQUE DRAMATIQUE

L'OIE DU CAIRE

OPÉRA-BOUFFE EN DEUX ACTES

PAR

VICTOR WILDER

MUSIQUE DE

W.-A. MOZART

Représenté pour la première fois à Paris, sur le théâtre des Fantaisies-Parisiennes,
le 6 juin 1867.

PARIS

LIBRAIRIE INTERNATIONALE

15, BOULEVARD MONTMARTRE

A. LACROIX, VERBOECKHOVEN & Cⁱᵉ, ÉDITEURS

A Bruxelles, à Leipzig et à Livourne

1867

NOUVELLE BIBLIOTHÈQUE DRAMATIQUE

L'OIE DU CAIRE

OPÉRA-BOUFFE EN DEUX ACTES

PAR

VICTOR WILDER

MUSIQUE DE

W.-A. MOZART

Représenté pour la première fois à Paris, sur le théâtre des Fantaisies-Parisiennes le 6 juin 1867.

PARIS

LIBRAIRIE INTERNATIONALE

15, BOULEVARD MONTMARTRE

A. LACROIX, VERBOECKHOVEN & Cᵉ, ÉDITEURS

A Bruxelles, à Leipzig et à Livourne

1867

PERSONNAGES

DON BELTRAN, 1re basse comique. . . . . MM. GERAIZER.

FABRICE, son neveu, ténor léger. . . . . . LAURENT.

PASCAL, valet, baryton. . . . . MASSON.

L'EUNUQUE (1). . . . . BONNET.

ISABELLE, pupille de Beltran, 1re chant-
légère. . . . . Mlle ANT. ARNAUD,

AURETTE, soubrette, 1re dugazon. . . . . Mme GERAIZER.

JACINTHE, femme de Beltran. . . . . . . Mlle MATHILDE.

Un notaire. — Un jardinier. — Chœurs.

La scène est en Espagne.

*La mise en scène est de M. Gourdon. — S'adresser à la régie
des Fantaisies-Parisiennes.*

(1) Le rôle de l'Eunuque, créé d'une façon si originale par M. Bonnet, est très-important, quoique épisodique. MM. les directeurs de
province devront le confier au trial ou à un artiste de leur troupe de
comédie.

L'OIE DU CAIRE

OPÉRA-BOUFFE EN DEUX ACTES

ACTE PREMIER

Un parc. — Jardin. — A gauche, la maison de don Beltran avec balcon. — A droite, l'habitation d'Aurette. également avec balcon. — Devant la porte une tonnelle. — Au premier plan, à gauche, un fauteuil rustique; à droite, une table couverte d'un tapis. — Sur la table une pelote, une corbeille et ce qu'il faut pour écrire. — Au fond un mur avec treillage.

SCÈNE PREMIÈRE.

DON BELTRAN, FABRICE, PASCAL, AURETTE (1).

(Don Beltran attend sa fiancée et fait sa toilette; Fabrice le raille et le plaisante. Aurette et Pascal servent leur maître. Ils disparaissent et reviennent, en un mot circulent librement tout en riant de la scène qui se passe entre l'oncle et le neveu.)

QUATUOR.

FABRICE, éclatant de rire.

Ah! je me pâme!
Vous, prendre femme!

(1) Fabrice, Beltran, Pascal, Aurette.

BELTRAN.

Par Notre-Dame,
Quoi d'étonnant?
Malgré mon âge,
J'ai bon visage
Et l'air galant.

FABRICE.

Quelle suffisance!
En conscience
C'est trop plaisant!

BELTRAN.

Raille à ton aise, extravagant!

ENSEMBLE.

FABRICE.

Vous, prendre femme!
C'est trop plaisant!

BELTRAN.

Par Notre-Dame,
Quoi d'étonnant?

AURETTE et PASCAL.

Il peste, il rage
Le beau galant;
Il n'est, je gage,
De fou plus grand.

FABRICE.

Ah! je me pâme!
Vous, prendre femme!

BELTRAN.

Par Notre-Dame!
Quoi d'étonnant?
Malgré mon âge (1),

(1) Beltran, Fabrice.

J'ai bon visage
Et l'air galant.

FABRICE, faisant semblant d'admirer les vêtements qu'Aurette
apporte.

C'est admirable (1)!
C'est adorable!
Superbe! incroyable!
Oui, d'honneur, c'est d'un goût parfait!

BELTRAN, avec humeur.

Ce ton me déplaît;
Mordieu, prends garde,
C'en est assez!
Car la moutarde
Me monte au nez!

PASCAL, sortant de la maison.

Seigneur, un équipage
Vient d'arriver céans!

BELTRAN, dans le plus grand trouble.

Alerte! — mes bagues et mes brillants!

FABRICE.

Peut-être est-ce un message;
Adieu le mariage!
La belle se dégage
Et reprend ses serments.

BELTRAN.

Finis ton bavardage!
Je suffoque... j'enrage!
(A Pascal.)
Hé! ma perruque!... mes gants!

AURETTE, qui est en train de vêtir son maître.

Un peu de patience!
De grâce! — rien n'avance, —

1) Fabrice, Beltran, Aurette, Pascal.

Pas tant de pétulance,
Vous êtes trop ardent.

BELTRAN, à Aurette.
Silence! holà, silence!
Assez d'impertinence,
Terminez promptement.

FABRICE, d'un ton moqueur
Hé quoi! si peu de zèle?
La pauvre demoiselle
Se plaint et vous appelle;
Vous n'êtes pas galant.

BELTRAN, perdant la tête (1).
Ah! c'est un vrai martyre!
Tout contre moi conspire.
Cesseras-tu de rire,
    Mauvais plaisant!

FABRICE.
Ah! je me pâme!
Vous, prendre femme!
Etc., etc.

_____

(Reprise du premier motif jusqu'après l'ensemble. A la fin du
quatuor, don Beltran exaspéré s'en prend à Pascal et à Aurette,
qui se sauvent chacun de son côté. Furieux, hors de lui, don
Beltran se laisse tomber dans un fauteuil.)

SCÈNE II.

DON BELTRAN, FABRICE (2).

BELTRAN.
Je n'en puis plus!... je suis en nage
Vous êtes tous d'accord.

(1) Fabrice, Aurette, Pascal, Beltran.
(2) Beltran, Fabrice.

FABRICE.

C'est aussi par trop fort,
Songer au mariage
A soixante ans! Certes, c'est un bel âge
Pour choisir une femme, et j'ai le plus grand tort
D'y trouver à reprendre.

BELTRAN.

Ai-je des comptes à te rendre?
Je fais ce que je veux, je crois,
Et n'agis qu'à ma guise.
Je suis libre, à la fin...

FABRICE.

De faire une sottise.

BELTRAN, avec humeur.

Eh! mon neveu!

FABRICE.

Vous avez une fois
Déjà, tâté du mariage
Vous étiez jeune au moins... et cependant...

BELTRAN, se levant et avec colère.

Fabrice!

FABRICE.

Enfin je vous croyais plus sage.
Mais cet essai, je le vois en tremblant,
Ne vous a pas ôté votre courage.

BELTRAN.

Mais...

FABRICE, lui coupant la parole.

Je le sens trop bien,
L'âge ne vous enseigne rien;
Tout plein d'une nouvelle flamme,
Vous avez oublié votre défunte femme.

BELTRAN se grattant le front.

Non pas, morbleu ! je m'en souviens !

FABRICE.

Votre défunte... au fait !... la pauvre dame
Êtes-vous sûr... mais sûr qu'elle ait rendu son âme ?

BELTRAN.

Hein ?

FABRICE.

Son trépas est-il authentique ? certain ?

BELTRAN.

Comment, s'il est...

FABRICE.

Vous n'avez point de preuve.

BELTRAN.

Mais, bourreau !...

FABRICE.

Mais, enfin,
Vous croyez être veuf, elle croit qu'elle est veuve ;
Peut-être qu'elle vit, dans un pays lointain.

BELTRAN, avec explosion.

Je te dis qu'elle est morte.

FABRICE.

Je te dis, je te dis...

BELTRAN.

Que le diable t'emporte !
D'où te vient aujourd'hui cet étrange soupçon ?
Tu sais fort bien que nous fîmes naufrage !

FABRICE.

O la belle raison !
N'avez-vous pas su gagner le rivage ?
Pourquoi pas elle aussi (1) ?...

(1) Fabrice, Beltran.

BELTRAN.

Non ! non ! mille fois non !
(A part.) Le gueux me donne le frisson !

FABRICE.

Soit ! vous avez raison !
Mais, puisque vous avez la rage
De vous aventurer dans un nouveau ménage,
   J'espère au moins que vous avez choisi
      Une compagne de votre âge.

BELTRAN.

   Une guenon ? merci !
Celle que j'aime est jeune et belle,
Une taille divine, un visage charmant,
      Et de l'esprit à l'avenant ;
      Bref ! elle sort de son couvent,
      Et c'est ma pupille Isabelle.

FABRICE.

Votre pupille ? Ah ! pauvre tourterelle !
Quoi ! vous aurez le front d'épouser cet enfant ?
   Quoi ! vous l'immolerez sans crainte,
Et vous ne tremblez pas que la pauvre Jacinthe
Ne sorte du tombeau, pour vous le reprocher !

BELTRAN.

Encor ma femme ! ah ! je vais me fâcher !

FABRICE.

Si, lorsque votre hymen s'apprête,
Elle tombait au milieu de la fête
      Pour réclamer ses droits !

BELTRAN.

Veux-tu te taire, drôle !

FABRICE.

Si vous alliez sentir ses doigts
   Frémir sur votre épaule !

Si tout à coup elle élevait la voix,
Et, sortant de sa tombe humide,
Elle venait crier : Traître ! perfide (1) !...

SCÈNE III.

LES MÊMES, ISABELLE, introduite par AURETTE qui pose
brusquement la main sur l'épaule de don Beltran.

BELTRAN, frappé de terreur.

Ciel ! au secours !

ISABELLE, riant de la frayeur de Beltran.

Je vous fais peur ?

BELTRAN.

Isabelle !... pardon... le plaisir... le bonheur...

FABRICE, à part.

Cordieu ! qu'elle est jolie !
Ah ! mon oncle, à présent je comprends ta folie,

AURETTE.

Monsieur, l'accueil est singulier.

BELTRAN, balbutiant.

Mais c'est toi... c'est Fabrice.

ISABELLE, à part.

Fabrice, mon cousin, ce joli cavalier ?

FABRICE, à part.

Sur mon honneur, c'est un vrai sacrifice ;
Un tel trésor, à ce barbon !

ISABELLE, à Beltran.

Vous ne me dites rien ?

(1) Fabrice, Isabelle, Beltran, Aurette.

BELTRAN.

Pardon !
J'allais... (A part.) Ah ! je suis au supplice.

FABRICE.

Excusez-le, dans son empressement,
Il comptait aller au devant
De votre chaise sur la route,
Mais mon pauvre oncle est sujet à la goutte.

BELTRAN.

Hein ?

FABRICE.

Puis à soixante ans, pour parler sans détour,
On ne peut plus avoir les ailes de l'Amour.

BELTRAN, à part.

Ah ! j'enrage !

AURETTE.

Pauvre homme (1) !

BELTRAN, prenant Fabrice à part.

Vas-tu finir, ou je t'assomme !
Sot !... bélitre !... animal !

FABRICE.

Fort bien, mettez-vous en colère,
Jurez, pestez, frappez ! tout m'est égal ;
Au sort qui vous attend, je prétends vous soustraire ;
Vous n'enchaînerez pas cette vierge au printemps,
Au fardeau de vos soixante ans.
Non, non ! plutôt que de vous laisser faire
Moi-même je l'épouserai !

BELTRAN.

Toi ?

(1) Fabrice, Beltran. — Isabelle et Aurette remontent.

FABRICE, tranquillement.

Pourquoi pas? Je la trouve à mon gré.

BELTRAN, d'un ton ironique.

Oui-dà, vraiment!

FABRICE.

Même je me rappelle
Que mes parents, d'accord avec ceux d'Isabelle,
De nous unir avaient fait le projet.

BELTRAN.

C'est assez! — Ce ton me déplait!
Sur un pareil sujet
Je n'aime pas que l'on plaisante.

FABRICE, avec flegme.

Je suis très-sérieux.

BELTRAN.

Assez!

FABRICE.

Je vous le dis, je la trouve charmante
Et j'en suis amoureux.

BELTRAN.

Eh! morbleu, dans quel but me fais-tu ces aveux?
Croirais-tu que de bonne grâce
Je vais, moi, te céder la place?

FABRICE.

Ce n'est pas de vous que j'attends
La preuve d'un pareil bon sens.

BELTRAN.

Bien! tu renonces!...

FABRICE.

Non, sans doute!

BELTRAN.

Mais alors... je comprends,
Monsieur croit me duper, mais tu fais fausse route,
Mon beau neveu. Je connais mes auteurs.
Je sais par quels moyens l'on trompe les tuteurs;
J'ai lu l'Arioste et Boccace,
Et je connais sur le bout de mes doigts,
Tous ces bons tours et ces galants exploits.

ISABELLE, qui pendant la conversation précédente est remontée
en causant avec Aurette, vient se placer entre Beltran et
Fabrice (1).
Finirez-vous, de grâce!
Que complotez-vous ainsi? quels projets?..

BELTRAN, avec embarras.

Rien! Nous causions.

ISABELLE.

Ah! ce sont des secrets?

FABRICE.

Non pas, je lui disais...

BELTRAN.

Assez!

ISABELLE.

Quoi donc?

FABRICE.

Que je vous aime.

ISABELLE.

Vous, mon cousin?

FABRICE.

Plus que moi-même.

Air:

A tant de candeur
De grâce et de charmes

(1) Fabrice. Isabelle, Beltran, Aurette.

Mon cœur
Rend les armes;
Comment vous résister,
Vous voir, c'est vous aimer!
Ce front de madone
Qui brille et rayonne,
Ces bras faits au tour,
Ces mains sans pareilles,
Ces yeux plus brillants que le jour,
Ces lèvres vermeilles
Appellent l'amour (1).

(A Beltran.)

Pourquoi cette colère?
Quittez cet air sévère!
Mon Dieu! qu'allez-vous faire?
Calmez ce grand courroux,
De grâce, apaisez-vous!

(A Isabelle.)

Croyez un cœur sincère,
Mon vœu, c'est de vous plaire,
Je veux être votre époux.
A vous mon cœur, ma vie,
Mon seul désir, ma seule envie,
C'est de vivre à vos genoux (2)!

BELTRAN.

Ah! pour le coup, l'insolence est trop forte!
Sortez! sortez, entendez-vous?
Et ne passez jamais sur le seuil de ma porte.

(A Isabelle.)

Rentrez! (Il l'entraîne vers la porte.)

(1) Isabelle, Beltran, Fabrice, Aurette.
(2) Isabelle, Fabrice, Beltran, Aurette.

ISABELLE.

Mais, mon tuteur.

BELTRAN.

Rentrez, madame!

(Il sort avec Isabelle.)

SCÈNE IV.

FABRICE, AURETTE (1).

FABRICE.

Allez! et couvez-la de vos regards jaloux,
Barricadez la porte et poussez les verrous,
Je le déclare et le proclame;
J'aime Isabelle, et du fond de mon âme!

AURETTE, avec surprise.

Hé quoi! ce n'était pas un jeu?
Peste, monsieur, comme vous prenez feu!

FABRICE.

Aurette, elle sera ma femme!

AURETTE.

Mais don Beltran?

FABRICE.

Je romprai cet hymen.

AURETTE.

Vous le romprez! — par quel moyen?

FABRICE.

N'importe!

AURETTE.

Mais encor faut-il que l'on vous aime!

(1) Fabrice, Aurette.

FABRICE.

Elle a raison, et sais-je même
Si je dois être aimé jamais !

AURETTE.

Eh ! sur votre oncle, en conscience,
Vous méritez la préférence.

FABRICE.

Aurais-tu quelque espoir ?

AURETTE.

Eh ! mais,
C'est à vous de le faire naître.

FABRICE.

Ah ! si tu le voulais !

AURETTE.

Qui ? moi !... Trahir mon maître !

FABRICE.

Aurette, par pitié, ne m'abandonne pas.

AURETTE.

Mais, monsieur !

FABRICE.

Tire-moi d'un cruel embarras,
Et tu verras si je sais reconnaître
Ce que l'on fait pour mon amour.
(Changeant de ton.)
Pascal te fait la cour ?
Tu l'aimes ?

AURETTE.

Et s'il faut que je le confesse,
Je crois que j'ai cette faiblesse.

FABRICE.

Écoute-moi ; — le jour
Où j'épouse Isabelle...

AURETTE.

Ce jour-là?

FABRICE.

Nous ferons une noce nouvelle.

AURETTE.

Vrai?

FABRICE.

Je me charge encor
De la dot, du trousseau.

AURETTE.

Monsieur, vous parlez d'or;
Et quoi qu'on puisse faire,
Il faut se résoudre à vous plaire.

FABRICE.

Ainsi tu me promets?

AURETTE, laissant tomber sa main dans celle de Fabrice.

De plaider votre cause,
Et de servir vos intérêts.

FABRICE, avec chaleur.

Merci! merci!

AURETTE.

Donc la première chose
C'est de savoir si notre ardeur
A su toucher son jeune cœur.

FABRICE.

Oui, mais comment?

AURETTE.

Cela vous embarrasse?
Écrivez-lui. — Tenez, mettez-vous là.

FABRICE.

Ah! chère Aurette!
(Il fait mine de l'embrasser) (1).

(1) Aurette, Fabrice,

AURETTE.

Holà! monsieur, holà!

FABRICE.

Aurette!

SCÈNE V.

FABRICE, AURETTE, PASCAL (1),

(Entrant sur la pointe des pieds et choisissant le moment pour se blottir sous la table.)

AURETTE.

Doucement.

FABRICE.

Il faut que je t'embrasse.
(Il l'embrasse.)

AURETTE.

Ah! finissez, de grâce!
Et si Pascal savait... (Elle l'aperçoit.) Que vois-je?

FABRICE.

Est-il jaloux?

AURETTE.

Lui, monsieur? Vertuchoux!

Air :

S'il voit ce qui se passe,
S'il voit que l'on m'embrasse,
Ah! c'en est fait de moi!
(Contrefaisant la voix et le ton de Pascal.)
« Perfide! misérable!
« Coquette détestable!
« Femme sans cœur, sans foi! »

(1) Aurette, Fabrice, Pascal caché.

(Reprenant sa voix naturelle et d'un air d'innocence.)

> Pourtant il s'abuse,
> A tort il m'accuse ;
> Et s'il était plus sage,
> Il se dirait, je gage :
> « Aurette m'est fidèle,
> « Je puis répondre d'elle,
> « Son âme est toute à moi. »

———

FABRICE, se levant. — A Aurette.

C'est fait ! voici ma lettre.

AURETTE.

Je me charge de la remettre
Entre ses mains. Et maintenant,
Monsieur, décampez promptement.

FABRICE.

Je pars.

AURETTE.

Allez ! je tremble
Que don Beltran ne nous surprenne ensemble.

FABRICE.

Ah ! dis-lui bien que mon amour
Ne doit finir qu'avec ma vie !
(Fausse sortie.)

AURETTE.

Bon !

FABRICE, revenant.

Que jusqu'à mon dernier jour
A sa beauté mon âme est asservie.

AURETTE.

Parfait !

FABRICE.

Enfin, que mon unique envie...

AURETTE, perdant patience.

De grâce, finissons !

FABRICE.

Je pars.
(Fausse sortie.)

AURETTE.

Il en est temps !

FABRICE, revenant.

Dis-lui...

AURETTE.

Je vous entends !

FABRICE.

En toi je mets ma confiance,
Toi seule es mon espoir.

AURETTE.

Ah ! vous lassez ma patience,
Partirez-vous, enfin ?

FABRICE.

J'obéis, au revoir !
(Il sort.)

PASCAL.

Esquivons-nous avec prudence.

(Il s'apprête à sortir, mais se retire aussitôt en voyant Aurette
qui redescend en scène.)

SCÈNE VI.

PASCAL, AURETTE.

AURETTE.

Et maintenant réglons le compte de ce sot.

PASCAL.

Ne bougeons pas.

AURETTE.

Il redoute un orage.
(Riant).
Ah! l'imbécile, ah! le nigaud!
Allons, décidément, c'est l'époux qu'il me faut.

PASCAL.

Va-t-elle enfin partir?

AURETTE.

Attends un peu! Je gage (1)
Que je vais te forcer à montrer ton visage.
(Elle tourne autour de la table et met tout à coup le pied sur la main de Pascal).

PASCAL, avec un grand cri.

Aïe!

AURETTE

Eh bien! qu'est cela?
C'est toi, Pascal! que fais-tu là?

PASCAL, avec embarras.

Moi?... rien... je me promène.

AURETTE.

L'endroit est bien choisi.

_____

(1) Pascal caché. Aurette.

PASCAL.

Je ramassais....

AURETTE.

Tu mens !

PASCAL.

J'allais...

AURETTE.

Tu mens !

PASCAL.

Merci.

AURETTE, avec sévérité.

Épargne-toi la peine
De me forger un conte. — Ainsi,
Pour m'épier, tu te cachais ici ?
Sais-tu bien que ta sotte jalousie
Me lasse enfin pour tout de bon;
Et qu'il me prend la fantaisie
De lui donner raison ?

PASCAL.

Que dis-tu ?

AURETTE.

Que je suis trop bonne
De souffrir que l'on me soupçonne.
Et que je ferais mieux
De t'envoyer au diable
Et de choisir un amoureux
Plus confiant et plus aimable.
Dieu merci, je suis bonne à voir.

PASCAL.

Aurette !

AURETTE.

L'on me trouve assez gentille
Et je n'ai qu'à vouloir.

PASCAL.

Aurette! ô désespoir!

AURETTE.

Non, non! je ne suis pas faite pour rester fille.

DUO.

AURETTE.

De bonne foi
Tu sais toi-même
Que si je t'aime,
A mieux que toi
Je puis prétendre.
Tu dois comprendre
Qu'avec mes yeux
On peut attendre
Les amoureux.

PASCAL.

Tais-toi, tais-toi !
De grâce, épargne-moi,
J'ai confiance en toi,
Pardonne-moi !
Ne me menace pas
De me trahir,
Si tu ne veux, hélas!
Me voir mourir.

AURETTE.

Non, je suis lasse
De faire grâce ;
Non, non, monsieur, c'est trop souffrir.

PASCAL.

Ah ! la cruelle
Ah! l'infidèle
Trahit sa foi !
Pascal... c'est fait. . de toi !

AURETTE, à part.

Pauvre diable! il souffre, il pleure;
J'ai pitié de sa douleur.

PASCAL.

Il faut donc qu'hélas! je meure
Puisque j'ai perdu son cœur.

AURETTE.

Pauvre garçon

PASCAL.

Ah! mignonne!

AURETTE.

Il me fait peine.

PASCAL.

Ah! pardonne!

ENSEMBLE.

AURETTE (1).

Ah! vraiment, je suis trop bonne,
Malgré moi mon cœur pardonne;
Oui, vraiment je suis trop bonne,
J'ai pitié de ses regrets.

PASCAL.

L'espérance m'abandonne,
Quels remords et quels regrets!
J'ai perdu ton cœur, mignonne,
Je le sens, et pour jamais.

AURETTE, sanglotant malgré elle.

Cher Pascal, séchons nos larmes.

PASCAL, continuant à pleurer.

Plus de pleurs et plus d'alarmes.

(1) Aurette, Pascal.

AURETTE.

Plus de pleurs !

PASCAL.

Mais mon pardon ?

AURETTE.

C'est fini.

PASCAL.

Pour tout de bon ?

AURETTE.

Va ! je t'aime !

PASCAL.

Moi de même !

ENSEMBLE.

Et pour toi je sens mon cœur
Plein d'amour et plein d'ardeur.
Plus de peine et de souffrance,
C'est l'aurore du bonheur ;
Plus jamais de défiance
Une aveugle confiance
Je m'en fie à ton honneur ;
Pas le plus petit nuage
Dans le ciel de notre amour,
A ton cœur mon cœur s'engage
Et se livre sans retour.

SCÈNE VII (1).

AURETTE, PASCAL, BELTRAN sortant de sa maison et
observant les deux amoureux.

BELTRAN, à part.

Aurette avec Pascal! — Holà! prenons bien garde,
Ceci peut-être me regarde.
(Il approche sans être vu et écoute).

PASCAL, à Aurette.

Oh! je vois bien que j'avais tort;
Et maintenant pour sceller notre accord
Je te mène à la fête, et parmi ces merveilles
Tu pourras choisir à ton gré.
Rubans, robes, chapeaux, bagues, boucles d'oreilles.
Achète, prends; c'est moi qui payerai.

AURETTE.

Ah! quel bonheur!

PASCAL.

Et cela va sans dire
Nous verrons tout ce qu'Aurette désire:
Acrobates, géants,
Panoramas, tableaux vivants,
Veaux à deux têtes;

AURETTE.

Quelle joie!

PASCAL.

Jongleurs, danseurs, enfants jumeaux
Attachés par le dos,
Enfin! (quoiqu'il en coûte gros),
Je te montre un prodige, une merveille.. une oie!

(1) Aurette, Pascal, Beltran.

AURETTE.

Comment, une oie ? Eh bien,
C'est une bête assez commune.
Sans qu'il m'en coûte rien,
Je puis t'en montrer une.

PASCAL.

Friponne, je le vois, tu m'as gardé rancune.
Non, vrai, c'est un animal étonnant.
(Il remontent en causant.)

BELTRAN (1).

Hum ! il faudra que je prépare
Quelque surprise à cette enfant.
Ces jeunes cœurs aiment qu'on soit galant.
Si je me procurais quelque chose de rare,
Une parure, un diamant.
J'y songerai. Pour le moment,
Occupons-nous de notre affaire
Et sans retard, allons voir le notaire.
(Il fait mine de partir).

AURETTE, l'épiant.

Il s'en va. — Seul ! ah ! quel secours
Inespéré ! (A Pascal.) Va ! — préviens don Fabrice.
Dis lui que l'instant est propice ;
Qu'il vienne sans tarder.

PASCAL.

J'y cours !

(Il sort).

(1) Beltran, Aurette, Pascal.

SCÈNE VIII.

BELTRAN, AURETTE (1).

BELTRAN, redescendant.

Faut-il emmener la petite,
Ou faut-il la laisser céans?
Grâce à cette fête maudite,
Chaque rue est pleine de gens.
Laissons-la.

(Il remonte.)

AURETTE, qui l'observe.

Enfin!

BELTRAN, redescendant.

Mais si le galant profite
De mon départ! La laisser au logis,
C'est dangereux.

AURETTE.

Va-t-il changer d'avis?

BELTRAN.

Si je fermais la porte?... Oui, mais par la fenêtre...
Et puis c'est maladroit peut-être.
Le proverbe a raison :
Enfermez une belle,
Elle ne rêve plus qu'à sortir de prison.
L'emmener est plus sûr. (Appelant.) Isabelle! Isabelle!

AURETTE.

La peste soit de l'animal!

(1) Beltran, Aurette.

SCÈNE IX.

BELTRAN, AURETTE, ISABELLE (1).

ISABELLE.

Vous m'appelez?

BELTRAN.

Je sors, mignonne,

Veux-tu m'accompagner?

ISABELLE.

Moi? Cela m'est égal!

BELTRAN.

Préfères-tu rester?

AURETTE, vivement.

La question est bonne;

Madame a besoin de repos.

ISABELLE.

Du tout!

AURETTE.

Si fait! si fait!

BELTRAN, à Aurette.

Ménage tes propos,

Et retiens ta langue maudite!

AURETTE.

Mais, monsieur...

BELTRAN.

Morbleu! qui t'invite

A donner ton avis?

(1) Isabelle, Beltran, Aurette.

2.

AURETTE.

Comment

La prévenir?

(Saisie d'une inspiration subite.)

Ce billet (1)!

BELTRAN.

Doucement

Ma belle. Quelle mouche.

Te pique (2)?

AURETTE.

Monsieur...

(Même jeu.)

BELTRAN.

Un moment!

Holà! ceci me semble louche.

(Surprenant des signes qu'Aurette fait à Isabelle.)

Que fais-tu là?

AURETTE,

Moi?... Rien.

BELTRAN.

Trahirais-tu ton maître?

AURETTE.

Miséricorde! moi?

BELTRAN, s'avançant vers Aurette, qui recule à mesure.

N'aurais-tu pas peut-être

Quelque billet à lui remettre?

AURETTE.

Bonté du ciel!

BELTRAN.

Prends garde, entends-tu bien;

(1) Isabelle, Aurette, Beltran.
(2) Isabelle, Beltran, Aurette.

Je ne suis pas un Géronte, un Cassandre.
En fait d'habileté j'ai des points à te rendre.

AURETTE.

Mais qui songe?...

BELTRAN.

Il suffit,
Et tiens-le-toi pour dit.
(A Isabelle.)
Partons!

AURETTE.

Quoi! vous allez courir la ville
Fait comme vous voilà?

(Elle se précipite sur lui, et, sous prétexte de réparer le désordre
de sa toilette, attache la lettre de Fabrice à son habit.)

BELTRAN.

Laisse-moi!

AURETTE.

Souffrez que d'une main habile...

BELTRAN, avec plus d'impatience.

Laisse-moi!

AURETTE.

Rien qu'un instant... Là,
Vous êtes présentable.
Et vous pouvez à présent...
(Elle déchire la manchette de don Beltran.)

BELTRAN.

Au diable!
Tu me mets dans un bel état.
La peste étouffe cette fille!

AURETTE.

Voilà-t-il pas un beau dégât;
Eh! monsieur, en deux coups d'aiguille
Je vais réparer ce malheur.

BELTRAN, tendant son bras à Aurette.

Isabelle, ma chère,
Veux-tu permettre?

ISABELLE.

Oui, mon tuteur.

(A ce moment, Beltran, retenu par Aurette, tourne le dos à Isabelle, qui aperçoit le billet.)

Tiens, un papier!

(Elle s'approche pour le lire.)

AURETTE.

Tournez-vous donc vers moi,
Monsieur!

BELTRAN, à Isabelle.

Cela ne te fâchera pas, j'espère,
De m'attendre?

ISABELLE.

Du tout, pourquoi?

(Lisant naïvement le billet tout haut.)

« Vous savez combien je vous aime; »

BELTRAN, ravi.

Mon bonheur est complet!

ISABELLE, continuant à lire.

« Mais je voudrais vous le dire à vous-même,
« Et vous confier en secret
« Quels sont mes vœux et quel est mon projet. »

BELTRAN, ivre de joie.

A l'instant même, je suis prêt.

(Il s'est brusquement dégagé des mains d'Aurette, qui s'empare vivement de la lettre.)

ISABELLE, à part.

Signé Fabrice. Ce billet
Était pour moi sans doute.

BELTRAN.

Parle, mon enfant, je t'écoute.

ISABELLE, surprise.

Que je parle? Mais... (Saisissant.) Je comprends.

BELTRAN.

Aurette te gêne? Oui; nous causerons en route.

ISABELLE.

Demain... plus tard...

BELTRAN, amoureusement.

Demain, c'est bien longtemps. .
(Il lui offre le bras.)

ISABELLE, lui coupant la parole.

Pardon!... Mais puisque tout à l'heure
Vous me laissiez maîtresse de choisir...
Vous permettrez que je demeure.

BELTRAN.

Volontiers, si c'est ton désir.
(A part.)
Au fait, je n'ai plus rien à craindre
Après un tel aveu.
(D'un air triomphant.)
Ah! ah! mon beau neveu,
Vous êtes bien à plaindre!...
(A Isabelle.)
Adieu, mignonne!
(Il sort.)

ISABELLE.

Adieu!

AURETTE, imitant la voix de Beltran.

« Je ne suis pas un Géronte, un Cassandre! »
(De sa voix naturelle.)
Tout beau, monsieur, daignez attendre,

Vous vous êtes vanté trop tôt,
Et nous vous prouverons que vous n'êtes qu'un sot.
Allons chercher Léandre.

SCÈNE X

ISABELLE, seule.

Il m'aime! Ah! que ce mot
Est plein de charme et de magie!
Il m'aime! parole bénie,
Mot enivrant, mot enchanteur;
Comme une douce mélodie,
Tu résonnes dans mon cœur!

Rondeau :

Comme au sourire de l'aurore
S'ouvre la rose près d'éclore,
Au doux espoir mon âme s'ouvre encore,
Et je sens mon pauvre cœur
S'épanouir comme une fleur.
Quelle joie et quelle ivresse,
Quel transport et quelle ardeur!
Oui, je crois à sa tendresse,
Et j'ai foi dans sa promesse;
Tout me présage le bonheur.

SCÈNE XI.

ISABELLE, FABRICE, conduit par Aurette (1).

ISABELLE.

C'est lui! C'est singulier, on dirait que j'ai peur!
Ah! fuyons!

(1) Aurette et Fabrice au fond. — Isabelle.

AURETTE, l'arrêtant.

Quoi, mademoiselle !
Vous nous quittez?

FABRICE.

Chère Isabelle!
Je vous fais donc horreur?

ISABELLE.

Vous?... oh! non ; mais si mon tuteur...

AURETTE.

Ne craignez rien, je ferai sentinelle.

FABRICE, voyant un nouveau mouvement d'Isabelle.

Ah! ne me privez pas du bonheur de vous voir,
Lorsque j'accours ici le cœur rempli d'espoir!

ISABELLE.

Pourtant...

FABRICE, suppliant.

Rien qu'un instant, de grâce,
Un moment d'entretien.
Vous consentez?

ISABELLE.

Il le faut bien.

FABRICE.

Oh! merci!

AURETTE, à part.

Bon ! voilà la glace
Rompue, et maintenant je puis quitter la place,
Car d'écouter des propos amoureux...
Pour notre compte... rien de mieux !
Mais pour celui d'une autre, ah! c'est un vrai supplice.
Allons trouver Pascal.

(Elle sort.)

SCÈNE XII.

FABRICE, ISABELLE (1).

FABRICE, continuant une conversation commencée.

Appelez-moi Fabrice,
Comme autrefois; laissons ce froid et vilain vous;
Le veux-tu bien? — N'est-ce pas, c'est plus doux?
— Je ne te fâche pas, j'espère?

ISABELLE, très-naïvement.

Me fâcher? Au contraire.

FABRICE, avec feu.

Ah! quel bonheur! ah! quel transport!
Oui, cet instant décide de mon sort;
Chère Isabelle, à toi ma vie,
A toi mon cœur, mon âme à toi!
Et comme un gage de ma foi
Accepte cet anneau; qu'à jamais il nous lie
L'un à l'autre.

ISABELLE, avec une joie enfantine.

Fabrice? quoi!
Cette bague est à moi?

FINALE.

FABRICE.

Oui, pour la vie, elle m'engage,
Prends-la comme le gage
De mon amour pour toi

ISABELLE, à part.

Ah! comme il est aimable!
Quel caractère affable!

(1) Fabrice, Isabelle.

(Admirant la bague.)
C'est un cadeau vraiment incomparable!
   (A Fabrice.)
  Quoi! cette bague admirable,
    Elle est à moi?

FABRICE.

  Elle est à toi!
  (Prenant la main d'Isabelle.)
Laisse ta main dans la mienne, cher ange!

ISABELLE, à part et troublée.

Ah! quel transport et quel trouble étrange
Fait tressaillir et fait battre mon cœur!

FABRICE.

  Ah! quelle ivresse!

ISABELLE.

        Ah! quelle ardeur

ENSEMBLE.

ISABELLE.

  L'amour pénètre
  Dans tout mon être,
  Il est mon maître
  Et mon vainqueur.

FABRICE.

  L'amour pénètre
  Dans tout son être,
  Il est son maître
  Et son vainqueur.

SCÈNE XIII.

ISABELLE, FABRICE, DON BELTRAN, qui est arrivé pendant l'ensemble sans être aperçu. Il se place tout à coup entre les deux amoureux (1).

DON BELTRAN, avec ironie.

Ah! pardon de vous surprendre,
Point de bruit et point d'esclandre.
Vous devez bien le comprendre,
Je désire être présent.
(Arrêtant Fabrice, qui fait un mouvement pour se rapprocher d'Isabelle.)
Halte-là! soyons moins tendre,
Moins aimable, moins galant.

FABRICE.

Va! plaisante, raille à l'aise,
Je veux être son vainqueur.

ISABELLE, à part.

Cher tuteur, ne vous déplaise,
Don Fabrice aura mon cœur.

DON BELTRAN.

Cher neveu, voici la porte,
Sans tarder rentrez chez vous,
Ou je vais, si je m'emporte,
Vous rouer soudain de coups.
Rentrez chez vous, rentrez chez vous.

ENSEMBLE (2).

DON BELTRAN.

Cher neveu, voici la porte,
Sans tarder, rentrez chez vous.

(1) Fabrice, Beltran, Isabelle.
(2) Isabelle, Beltran, Fabrice.

FABRICE.

. Va plaisante, raille à l'aise.
Je serai, morbleu, vainqueur.

ISABELLE.

Cher tuteur, ne vous déplaise,
Don Fabrice aura mon cœur.

(Don Beltran fait rentrer Isabelle. Fabrice sort par la droite,
envoyant des baisers à Isabelle. La toile tombe.

ACTE II

Même décor qu'au premier acte.

SCÈNE PREMIÈRE.

ISABELLE, paraissant à son balcon. FABRICE, sur le mur. Plus
tard, AURETTE et PASCAL. Il fait encore nuit.

QUATUOR.

ISABELLE.

Quelle voix suave et tendre
Dans mon cœur s'est fait entendre !
Est-ce un rêve de l'amour?
Lorsque tout encor sommeille,
Qui m'appelle et qui m'éveille?
Qui m'éveille avant le jour?

FABRICE.

(Pendant le couplet précédent, il est descendu du mur et s'avance
en scène.)

Tout repose et tout sommeille
Dans mon cœur, l'amour

Qui veille,
Me réveille
Avant le jour.
C'est ma voix, chère Isabelle,
Qui s'élève jusqu'à toi !
C'est Fabrice qui t'appelle!
Chère belle,
Écoute-moi !

AURETTE, ouvrant la fenêtre, en face de celle d'Isabelle.

Eh ! monsieur, soyez moins tendre,
Don Beltran va vous entendre,
Croyez-moi, parlez plus bas!
Ah ! quel esclandre,
S'il vient à vous surprendre !
Ah ! monsieur, parlez plus bas,
Qu'il ne vous entende pas!

PASCAL, arrivant à pas de loup en épiant Aurette.

Oui, c'est elle à sa fenêtre ;
Mais l'amant, qui peut-il être?
Et comment le reconnaître?
Écoutons! ouvrons les yeux!
Où se cache son complice,
Il faut par quelque artifice
Les surprendre tous les deux. (Heurtant Fabrice.)
Qui va là?

FABRICE, surpris.
Pascal?

PASCAL, de même.
Don Fabrice !

ISABELLE et AURETTE.

C'est sa voix,
C'est { Fabrice   } même;
    { Pascal lui-   }

Oui, je le vois,
C'est celui que j'aime.

FABRICE et PASCAL.

Il faut s'entendre,
Afin de prendre
Le vieux Cassandre
En nos filets.
Sans plus attendre,
Posons nos rets.

FABRICE.

Ne tardons pas, car le jour va paraitre

PASCAL.

Et mon cher maître
Est souvent matinal.

ISABELLE, AURETTE et FABRICE.

Hélas! que faire?
Comment tromper le vieux cerbère?

PASCAL.

J'ai notre affaire,
Ecoutez-moi, mon plan n'est pas mal.

ISABELLE, AURETTE et FABRICE.

Oh! bonheur sans égal!
Parlez, parlez, Pascal.

PASCAL, mystérieusement.

Si ma mémoire m'est fidèle,
Contre le mur de la tourelle,
Je dois trouver certaine échelle...

ISABELLE, AURETTE et FABRICE.

Une échelle! ah! quel transport!
Quel bonheur, quel coup du sort!

(Pascal disparait un moment et revient avec une échelle qu'il pose
contre le balcon.)

ENSEMBLE.

Tout seconde notre zèle,
Le destin qui m'est fidèle,
Nous abrite sous son aile,
Il nous prête son secours
Et protége $\left\{ \begin{matrix} \text{nos} \\ \text{vos} \end{matrix} \right\}$ amours.

Sur la ritournelle qui termine ce morceau, on entend tirer les
verrous.)

SCÈNE II.

BELTRAN, FABRICE caché sur le balcon, puis PASCAL.

Fabrice, au haut de l'échelle, fait mine de descendre ; mais il se
ravise et enjambe le balcon. Pendant ce temps, Isabelle a fermé
sa fenêtre ; il retourne à l'échelle, mais Pascal l'enlève. Fabrice
n'a d'autre ressource que de se blottir sur le balcon.)

PASCAL.

Sauve qui peut!

BELTRAN, coiffé de nuit, une chandelle allumée à la main.

Holà! coquins! Brigands!... Personne?
Il m'avait bien semblé pourtant...
(Il cherche à droite et à gauche.)
Rien ! voilà qui m'étonne.
J'aurai rêvé... Pourtant ce bruit?... Brrr! je frissonne !
Parbleu, ce bruit... c'était le vent
Qui s'engouffrait dans la ruelle (1).
(Pascal s'avance doucement derrière Beltran et souffle la lumière.
Bon, voilà maintenant
Qu'il éteint ma chandelle.

(1) Pascal, Beltran.

Diantre, comme il fait noir!

(Il rentre à tâtons; mais s'embarrasse les pieds dans l'échelle que Pascal a replacée contre le balcon pour en faire descendre Fabrice.)

Holà!

(Il tombe lourdement.)

Je crois que le diable s'en mêle.

(Fabrice, descendu pendant ce temps, heurte don Beltrán, qui cherche à se relever. Nouvelle chute.)

Ah! jarnidieu!

SCÈNE III.

BELTRAN, PASCAL qui se cache, AURETTE (1).

AURETTE.

Qui va là?

BELTRAN.

C'est moi.

AURETTE, feignant de ne pas le reconnaître.

Vous?... Qui cela?

BELTRAN, à part.

Voyons un peu si la coquine m'est fidèle.

AURETTE.

Parlerez-vous, sinon j'appelle?

BELTRAN, déguisant sa voix.

Chut! Aurette, c'est moi.

AURETTE.

Vous l'avez déjà dit.

BELTRAN.

Moi, don Fabrice.

(1) Beltran, Aurette, Pascal caché.

AURETTE.

Vous?

BELTRAN, à part.

Elle se radoucit.

AURETTE.

Vous? ici, dans la demeure
De votre oncle, la nuit !

BELTRAN.

Paix ! ne fais pas de bruit

AURETTE, criant.

Sortez, monsieur !

BELTRAN.

Chut !

AURETTE.

Décampez sur l'heure.

BELTRAN.

Un mot !

AURETTE.

Non ! je n'écoute rien.

BELTRAN.

N'est-il point de ressource?

AURETTE.

Partez ! partez ! ou bien...

BELTRAN.

Prenez donc cette bourse.

AURETTE, prenant la bourse. Mystérieusement.

Vous avez là-dedans?

BELTRAN à part.

Ah ! carogne !

AURETTE.

Hein?

BELTRAN.

Dix écus bien sonnants.

AURETTE, empochant la bourse.

Ah! vous croyez que je me vends
Et que je vais trahir mon maître.
Non, monsieur. Vous allez apprendre à me connaître.
(Appelant.)
Pascal! Pascal, prends ton bâton!
Dépêche-toi! C'est don Fabrice!

BELTRAN, de sa voix naturelle et vivement.

Non pas, c'est don Beltran.

AURETTE.

Oh! la belle malice!

A d'autres!

PASCAL, rossant son maître.

Ah! coquin! pendard! larron!

BELTRAN.

Aïe! holà!... Je suffoque.

AURETTE.

Rosse-le-moi de la bonne façon.

BELTRAN.

Je suis ton maître!

PASCAL, le battant toujours.

Je m'en moque

BELTRAN.

Mais c'est moi!

PASCAL.

Tiens, fripon!

3.

BELTRAN.

Je suis Beltran !

PASCAL.

Ah ! fourbe ! ah ! traître !

BELTRAN, donnant un énorme soufflet à Pascal.

Je te dis que je suis ton maître !

PASCAL, se tâtant la joue.

Que ne le disiez-vous plus tôt ?

BELTRAN.

Voilà plus d'une heure maraud
Que je le corne à votre oreille.

PASCAL.

Dame ! on m'appelle, l'on m'éveille...
Est-ce un voleur ? Est-ce le feu ?...
Bref, je croyais rosser votre neveu.

AURETTE (qui est sortie un instant, rentre avec un flambeau
qu'elle pose sur la table.)

Eh ! monsieur m'avait dit lui-même...

BELTRAN.

Que j'étais don Fabrice ; oui je t'en fais l'aveu.

PASCAL.

Tiens! donc, pourquoi?

BELTRAN.

C'était un stratagème.

AURETTE.

Quoi! vous doutez de notre dévouement ?

BELTRAN, se tâtant les côtes.

Non !... je viens d'en avoir une preuve... frappante.
Cette méprise au fond m'enchante

Et de vous deux je suis content (1).

(A Aurette).

Mais, rends-moi la bourse.

AURETTE, vidant la bourse dans sa main.

Un moment.

La bourse la voici, mais je garde l'argent.

BELTRAN.

Ah !

AURETTE.

Ce sera pour le dommage.

BELTRAN.

Mais les coups de bâton ?

AURETTE.

Et ses dents !

PASCAL.

Mon visage !

Malpeste ! quel poignet !

BELTRAN.

Mais dix écus pour un soufflet.

PASCAL.

Dix écus.

(Tendant la joue à Beltran.)

A ce prix, si la main vous démange...

BELTRAN.

Merci ! — Mais en échange

Vous promettez de me servir, du moins.

AURETTE.

Fiez-vous à nos soins.

BELTRAN, à Pascal.

Va donc ! — Surtout fais bonne garde

(1) Pascal, Beltran, Aurette.

Et si mon neveu se hasarde
A rôder par ici...
(Il fait le geste de donner des coups de bâton.)
Tu me comprends?

PASCAL, sortant.
Vous savez comme je m'y prends

SCÈNE IV.

AURETTE, BELTRAN (1).

AURETTE.
Vous croyez donc qu'il aura cette audace?

BELTRAN.
Qui? mon neveu? je n'en suis que trop sûr.
Plutôt que de ne pas pénétrer dans la place,
Il passerait au travers de ce mur.
Oh! je connais bien le programme
De tous ces beaux galants,
Et je l'appris... à mes dépens...
Du temps de ma défunte femme.

AURETTE.
Quoi! les propos étaient donc vrais?

BELTRAN.
Laissons les morts dormir en paix!

AURETTE.
Vraiment, monsieur, doña Jacinthe...
Je la prenais pour une sainte,
Pour un modèle de vertu.
Peste! elle vous faisait...

(1) Aurette, Beltran.

BELTRAN.

Vois-tu,
Depuis ce temps, j'inscris sur un registre,
Toutes les ruses, tous les tours,
Dont on fait usage en amours
Et je consens à passer pour un cuistre
Si jamais ce vaurien...

AURETTE.

Hum ! il ne faut jurer de rien,
On peut tromper le plus habile
Tel se croit bien malin qui n'est qu'un imbécile.
Un jeune cœur est prompt à s'enflammer.
Et pour me résumer
Le moyen le plus sûr de garder sa pupille,

BELTRAN, avec curiosité.

C'est....?

AURETTE.

De s'en faire aimer.

BELTRAN.

Comment parvenir à lui plaire,
Et comment lui faire ma cour?

AURETTE.

Dame ! monsieur, c'est votre affaire.
Sur ce sujet, consultez votre amour.

BELTRAN.

Si je flattais sa vanité de femme,
Par des bijoux, des diamants?
Les prévenances, les présents
Peut-être m'ouvriraient le chemin de son âme;
Et Dieu merci, sans qu'on me blâme,
Je puis disposer de mes biens.
Oui! c'est cela ! — je crois que je la tiens.

DUETTO.

BELTRAN.

Bagues, parures,
Robes, ceintures,
Voiles, guipures,
Perles, joyaux,
Gazes frêles,
Et nouvelles,
Des dentelles,
Des anneaux,
Je la comble de cadeaux.

AURETTE.

Robes nouvelles,
Riches dentelles
Et gazes frêles...
Je vous entends.
Mais s'il faut que la pauvrette
Reste seule en sa chambrette,
A quoi servent vos présents?

BELTRAN.

Parle donc, comment lui plaire?
Va! dis-moi ce qu'il faut faire.
Et d'avance j'y consens.

AURETTE.

Mais la conduire à cette fête.

BELTRAN.

Quoi, morbleu! perds-tu la tête!

AURETTE.

Oui, monsieur, croyez Aurette

BELTRAN (1).

Mais! morbleu, perds-tu la tête!

---

(1) Beltran, Aurette.

La conduire à cette fête
Don Fabrice la verra.

AURETTE.

D'une telle complaisance ;
Vous aurez bientôt, je pense,
Une douce récompense.

ENSEMBLE.

AURETTE.

D'une telle complaisance
Vous aurez la récompense,
Et l'on vous adorera.

BELTRAN.

Mais de cette complaisance
Aurai-je la récompense
Et crois-tu qu'on m'aimera ?

AURETTE.

Oui, monsieur, croyez-moi, quittez ces airs farouches
. Si vous voulez gagner son cœur,
Ce n'est qu'avec du miel qu'on attrape les mouches.
Bref ! soyez son esclave et vous serez vainqueur.

BELTRAN.

C'est fort bien dit.

SCÈNE V.

BELTRAN, AURETTE, L'EUNUQUE, il est entré sur la ritournelle
finale du duo conduit par PASCAL, qui disparaît et va se cacher
pour se montrer de temps en temps (1).

BELTRAN.

Quelle est cette figure ?
Serait-ce déjà quelque tour
De Fabrice ? Hum ! je flaire une imposture,

(1) Pascal caché, Beltran, l'Eunuque, Aurette.

AURETTE.

Ces traits... cette tournure!...

L'EUNUQUE.

Allah soit avec vous!

BELTRAN, avec humeur.

Bonjour!

L'EUNUQUE.

Que sa bonté vous soit propice.

BELTRAN.

Que cherchez-vous en ce séjour?

L'EUNUQUE.

Que sa main vous bénisse
Et répande sur votre front.....

BELTRAN.

Morbleu, soyez moins long
Et faites-moi grâce de vos emphases.
En deux mots et sans phrases,
Qui cherchez-vous?

L'EUNUQUE.

Le seigneur don Beltran.

BELTRAN.

C'est moi, monsieur.
(A Aurette.)
Va-t'en!

AURETTE, sortant.

Je m'en vais (A part.), mais je puis écouter, ce me semble.

SCÈNE VI.

BELTRAN, L'EUNUQUE, AURETTE et PASCAL cachés (1).

L'EUNUQUE.

Je rends grâce, seigneur, au sort qui nous rassemble.

BELTRAN.

Au fait!... expliquez-vous.

L'EUNUQUE.

Nous avons à régler un petit compte ensemble.

BELTRAN, avec humeur.

Je ne dois à personne !

L'EUNUQUE.

Eh ! mais, tout doux !
Loin que rien ici je réclame,
Je vous apporte...

BELTRAN, tendant la main.

De l'argent ?

L'EUNUQUE.

Des nouvelles de votre femme.

BELTRAN, avec ironie.

De ma femme ! ah ! vraiment !
Et vous avez cru sur mon âme
Me prendre à ce piége innocent.
Allons, mon cher, la feinte est inutile,
Tâchez d'être un peu plus habile,
Le tour est par trop vieux ;
Il est dans mon registre au chapitre vingt-deux.

L'EUNUQUE.

Donc, vous ne voulez pas me croire.

(1) Pascal caché, Beltran, l'Eunuque, Aurette cachée.

BELTRAN, riant très-fort.

Ah ! ah ! de mieux en mieux !
Ah ! ah ! la bonne histoire !

L'EUNUQUE, lui présentant une bague.

Sur cet objet, daignez jeter les yeux,
Il vous attestera, je gage,
Que ma voix ne vous trompe pas.

BELTRAN.

Ciel ! son anneau de mariage !
Mais comment... ce naufrage...
Notre navire englouti... son trépas...
Était-ce donc un songe ?

L'EUNUQUE.

Parfois, Allah prolonge
Les jours de ses élus.

BELTRAN.

Je ne respire plus.

L'EUNUQUE.

Il serait trop long de vous dire
Comment, pendant deux jours,
Sans espoir de secours,
Elle vécut sur un mât du navire.

BELTRAN, avec désespoir.

Mais que faisaient donc les requins ?

L'EUNUQUE.

Recueillie à bord d'un corsaire,
Pour cinquante sequins
On la vendit au souverain du Caire.

BELTRAN, à part.

Qu'il la garde longtemps !

L'EUNUQUE.

Pendant plus de dix ans

Elle fut son épouse ;
Pas une qui n'en fut jalouse.
Mais pour vous seul, son cœur battait d'amour,
Elle rêvait sans cesse à sa chère patrie,
Si bien enfin qu'un jour
Nous décampâmes sans trompette et sans tambour.

BELTRAN.

Comment nous?

L'EUNUQUE, avec un embarras simulé.

Elle était ma vie,
Je la suivis avec bonheur,
Car je l'aimais avec ardeur,

BELTRAN.

Vous oubliez qu'elle est ma femme.

L'EUNUQUE.

Je ne mérite pas votre blâme,
Et vous saurez, don Beltran,
Que de son sérail, le sultan
Me permettrait l'approche.
Or, avant qu'on y soit admis,
Il faut prouver qu'on est à l'abri... du reproche.

BELTRAN.

Passons!

L'EUNUQUE, reprenant sa narration.

Chargés de perles, de rubis
Que dans le sérail ma compagne
Et moi, nous avions... recueillis,
Nous arrivâmes en Espagne ;
Mais, attaqués par des bandits
Qui se cachaient dans la montagne,
Nos biens, honnêtement acquis,
Devinrent le partage
De ces voleurs maudits.

BELTRAN.

Rien n'échappa-t-il au pillage?

L'EUNUQUE.

Un objet qu'ils croyaient sans prix.
Et qui valait lui seul plus que toute leur proie.

BELTRAN.

C'était?

L'EUNUQUE.

C'était une oie.

BELTRAN, avec surprise.

Une oie?

L'EUNUQUE.

Un prodige étonnant.
A ce que l'on prétend,
Ce fameux automate,
Au temple de Memphis,
Recevait un culte jadis,
Et les savants disent qu'il date
Du temps de Sésostris.
Il bat des ailes, boit, mange, avale et... digère
Absolument comme une oie ordinaire.

BELTRAN.

Mais c'est un animal parfait;
Il ne lui manque enfin que la parole.

L'EUNUQUE.

Il parle, s'il vous plaît.
Il connaît la langue espagnole,
Le français, l'allemand, le latin, le sanscrit;
Oh! c'est une oie instruite à bonne école.
Mais, pour reprendre mon récit,
Vous saurez qu'elle fut notre seule ressource;
Car, grâce à messieurs les bandits,
Nous n'avions plus dans notre bourse

Un seul maravédis.
Nous allions donc de village en village,
La montrant en chemin
Pour un morceau de pain,
Et nous touchions au terme du voyage,
Quand tout à coup... Oh! désespoir!

BELTRAN.

Parlez!

L'EUNUQUE.

La pauvre dame
Ne devait plus vous voir.

BELTRAN.

Hein? que dit-il? ma femme!

L'EUNUQUE.

Hélas! c'était écrit!
Atteinte par un mal subit,
Elle rendit son âme!

BELTRAN.

Quoi! morte?

L'EUNUQUE.

Entre mes bras.

BELTRAN, froidement.

Êtes-vous sûr de son trépas?

L'EUNUQUE.

Moi-même en terre sainte,
J'ai déposé le corps
De la pauvre Jacinthe.

BELTRAN.

Vous-même?

L'EUNUQUE.

Hélas! moi-même.

BELTRAN.

Alors
Je puis donner sans crainte
Un libre cours à ma douleur?

L'EUNUQUE.

Pleurez! pleurez! soulagez votre cœur.
— Et maintenant, seigneur,
En fidèle dépositaire,
Pour accomplir sa volonté dernière,
Je vous remettrai sans délais
Cette admirable mécanique.

BELTRAN.

Précieuse relique,
Qui ne me quittera jamais.
(Saisi d'une idée subite.)
Eh! mais! l'idée est magnifique!
Le conseil d'Aurette... Oui!... fort bien!
Sans qu'il m'en coûte rien,
Je puis le mettre en pratique.
(A l'Eunuque.)
Allez, l'ami! Courez et sans retard.
Amenez-moi ce prodige de l'art;
Je brûle de la voir, cette admirable bête

L'EUNUQUE.

J'y cours.

BELTRAN (il sort).

Ah! par ma foi,
Mon Isabelle aura sa fête,
Sans sortir de chez moi.
(Il sort.)

SCÈNE VII.

PASCAL, AURETTE, sortant de leur cachette (1).

AURETTE.

Bravo, Pascal! l'intrigue est bien ourdie.

PASCAL.

Tu me fais trop d'honneur.
De cette comédie
Je ne suis pas l'auteur.

AURETTE.

Comment?

PASCAL.

Je faisais sentinelle
Devant la porte du jardin,
Cherchant dans ma cervelle
Quelque tour bien malin
Pour duper don Beltran, lorsque soudain Fabrice...

SCÈNE VIII.

PASCAL, AURETTE, BELTRAN (2).

AURETTE.

Tais-toi!

BELTRAN.

Maudit caprice

PASCAL, à Aurette.

Il est seul? — Fâcheux contre-temps
Décide sans retard ta maitresse à descendre.

AURETTE.

Ma maitresse? — j'entends!   (Pascal sort.)

(1) Pascal, Aurette.
(2) Beltran. — Au fond, Aurette, Pascal.

SCÈNE IX.

BELTRAN, AURETTE (1).

BELTRAN.

Non ! c'est à n'y rien comprendre !

AURETTE.

Eh ! mon Dieu ! qu'avez-vous,
Et pourquoi cet air de courroux ?

BELTRAN.

Quoi ! du ton le plus tendre
J'offre des fêtes, des plaisirs,
Et quand je crois combler tous ses désirs
Elle ne veut seulement pas m'entendre ?

AURETTE.

Vous ne savez pas vous y prendre.
En deux mots, sans esclandre,
Je la ferai changer de ton,
Et je veux vous la rendre
Plus douce qu'un mouton.

(Aurette sort.)

SCÈNE X.

BELTRAN, seul.

BELTRAN.

O femme ! ô tête sans raison,
Problème inconcevable,
Être fantasque, insaisissable,
Plus rusé qu'un serpent, plus subtil qu'un démon,
Quel pouvoir ennemi des hommes,

(1) Aurette, Beltran.

Nous soumet tous, tant que nous sommes,
Aux caprices de votre humeur !
    Vous jouez avec notre cœur
    Comme un enfant folâtre
Avec le passereau qu'il tient entre les doigts ;
  Et nous ! pareils au chien qu'on vient de battre,
    Sans résister et sans combattre,
    Un mot, un son de votre voix
        A vos pieds nous ramène,
        Heureux, de reprendre la chaîne
Qui nous écrase de son poids.

Ariette.

        Toute la vie,
        A son envie
        Il faut qu'on plie
        Sa volonté ;
        On sacrifie
        Sa liberté !
        Fait-on justice
        De son caprice ?
        Autre supplice,
        Autres ennuis,
        C'est encor pis !
    Madame fond en larmes
    Et va gâter ses charmes,
    Et contre ses alarmes
    On cherche en vain des armes ;
    Il faut courber le front.
    Et voyez quelle chance !
    On le blesse, on l'offense,
    Il faudra qu'en silence
    Il dévore l'affront ;
    Il faudra peut-être encore,
        Qu'il implore
        Son pardon
Car toujours la femme a raison !

SCÈNE XI.

BELTRAN, ISABELLE, AURETTE. Isabelle sort de la maison
d'un air timide, conduite par Aurette (1).

BELTRAN, l'apercevant.

Isabelle !

ISABELLE.

Oui, moi-même ;
Moi qui regrette un mouvement d'humeur.
Pardonnez-le-moi, mon tuteur
Au fond vous savez bien qu'Isabelle vous aime.

BELTRAN.

Oh ! le bon petit cœur !

ISABELLE.

A vos désirs je saurai me soumettre,
Et je me souviendrai que vous êtes le maître.

BELTRAN.

Ah ! dis plutôt ton serviteur,
Ton esclave fidèle
Qui veillera sur ton bonheur.
Oui ma chère Isabelle
Tu n'auras qu'à dire : « Je veux »
Pour voir au même instant combler tes moindres vœux.
Bref ! je prétends être un mari modèle.
(A part.)
Quel bonheur, quel espoir !
On m'adore, la chose est claire,
(A Isabelle.)
Nous serons unis dès ce soir.
(A la cantonade.)
Holà ! qu'on cherche mon notaire.
Pascal ! Pascal ! Sylvain !

(1) Isabelle, Beltran, Aurette.

AURETTE, arrêtant Pascal qui accourt.

Ne bougez pas.

BELTRAN.

Je m'égosille en vain.
Maudite valetaille!
Je pourrais bien crier jusqu'à demain.
Est-il ivre? est-il sourd?
Pascal! hé! viendras-tu, canaille!
(Nouveau mouvement de Pascal, arrêté par Aurette.)
Vous verrez qu'il faudra que j'aille
Moi-même. Oui, ce sera plus court.
(Fausse sortie.)

SCÈNE XII.

LES MÊMES, L'EUNUQUE, FABRICE déguisé en eunuque et se
voilant la figure, PASCAL caché (1).

L'EUNUQUE.

Voici venir cette merveille!
Dans l'univers entier
Vous chercheriez vainement la pareille.

BELTRAN, le prenant à part.

Ce compagnon est de votre métier?

L'EUNUQUE, qui ne comprend pas.

Plaît-il?

BELTRAN, montrant Fabrice.

Quel est cet homme?

L'EUNUQUE.

Un homme? (Riant.) Ah! — C'est Hassan!

BELTRAN.

Qu'importe comment il se nomme;
Des faveurs du sultan
Ainsi que vous était-il digne?

(1) Isabelle, Beltran, l'Eunuque, Fabrice, Pascal caché.

L'EUNUQUE, d'un ton confidentiel.

Nous sommes sur la même ligne.
(Haut.)
De plus, il est muet.

BELTRAN.

Ah! peste! il est parfait.
(A Isabelle.)
Allons, rentrez, ma belle!

ISABELLE.

Encor?

BELTRAN.

Pour un instant,
Ce sera plus prudent.

(A Aurette.)
Je compte sur ton zèle.
Rentre!

AURETTE, résistant à Beltran qui la pousse vers la porte.

Mais...

BELTRAN

Je le veux.

SCÈNE XIII.

BELTRAN, L'EUNUQUE, FABRICE, PASCAL qui est allé se
cacher de l'autre côté du théâtre (1).

BELTRAN, fermant la porte à clef.

Enfermons-les! Crac! la clef dans ma poche.

PASCAL, l'escamotant.

Dans la mienne elle sera mieux.

BELTRAN, à l'Eunuque et à Fabrice.

Vous, si quelqu'un approche...

(1) Pascal caché, Beltran, l'Eunuque, Fabrice

L'EUNUQUE.

Ne craignez rien, nous veillerons tous deux.

(Sur la ritournelle du finale, l'Eunuque et Fabrice accompagnent
Beltran en lui faisant de grands saluts à la mode turque.)

SCÈNE XIV.

PASCAL, FABRICE, AURETTE et ISABELLE (1).

FINALE.

PASCAL.

Procédons avec prudence :
Il est plein de défiance.
Du mystère, du silence !
Voyons si le vieux malin
Ne rebrousse pas chemin.

(Il va observer le départ de don Beltran et disparait un moment
derrière la coulisse.)

FABRICE.

Du bonheur l'instant s'avance,
Et mon cœur qui bat d'avance,
En tressaille d'espérance ;
Ah ! bientôt de mes soucis,
Son amour sera le prix.

AURETTE, du haut du balcon.

Venez vite ici, madame !
Car je crois qu'on vous réclame.
On demande à vous parler,
C'est un noble cavalier.

ISABELLE, paraissant à son tour sur le balcon.

O surprise ! ô bonheur suprême !
Je retrouve celui que j'aime.
C'est Fabrice, c'est lui-même,
Il me parle, je le vois !
Oui, j'entends sa douce voix.

(1) Fabrice, Pascal.

4.

PASCAL, revenant en scène.

Vite à l'œuvre! avec adresse,
Vite, car le temps nous presse.

TOUS.

Vite à l'œuvre, avec adresse,
Vite, car le temps nous presse!
L'imprudent vieillard nous laisse,
Profitons de sa faiblesse;
Dans le piége qu'on lui dresse
Je le vois déjà tomber.
A l'amour, à la jeunesse,
Tout obstacle doit céder.

(Pascal court ouvrir la porte, et les deux jeunes filles descendent
en scène.)

TOUS (1).

Pour sa pupille un barbon perd la tête,
A l'épouser le voilà qui s'apprête;
        Comme il la traite,
        Comme il la guette!
        Pauvre fillette,
        Pauvre poulette,
        Dans sa chambrette
        Il l'enfermera;
        Mais la fauvette
        S'envolera!

AURETTE.

Faisons silence!
Quelqu'un s'avance.

ISABELLE.

J'entends des pas,
Ne bougeons pas!

(Aurette court éteindre le flambeau.)

(1) Pascal, Aurette, Fabrice, Isabelle.

TOUS.

Étends ton voile,
O sombre nuit !
Éteins l'étoile
Qui nous trahit.
Paix ! point de bruit !

(Pendant cet ensemble parait un jardinier avec une lanterne à la
main. Il est ivre et fait en chancelant le tour de la scène sans voir
Isabelle et Aurette, qui se cachent. Il salue don Fabrice, toujours déguisé, et se retire.)

AURETTE.

Il s'éloigne, il nous quitte !

TOUS.

Dépêchons !
Notre échelle, vite, vite !
Et partons !

PASCAL, qui a disparu un moment, revient avec une mine
consternée.

Qui cela pourrait-il être ?

AURETTE.

Qu'est-ce encore ? explique-toi !

PASCAL.

Ce n'est pas notre vieux maître.

AURETTE.

Mais pourquoi
Cet air d'effroi ?
Qu'est-ce donc ? fais-nous connaître...

PASCAL.

C'est le jardinier, peut-être...

AURETTE.

Parle donc ! réponds, Pascal.

PASCAL.
Peste soit de l'animal !

AURETTE.

Ah le gueux, le sot, le traître,
Voyez donc s'il parlera!

PASCAL.

Qui pouvait prévoir cela?
Notre échelle n'est plus là!

AURETTE, consternée.

Notre échelle n'est plus là!

FABRICE, tirant son épée et jetant son déguisement (1).

Eh bien, donc, je veux moi-même,
Délivrer celle que j'aime;
Plus de lâche stratagème!
Et les armes à la main (2),
Je prétends frayer mon chemin.

ENSEMBLE.

FABRICE.

Oui, je tremble de colère;
Qu'il redoute mon courroux!
Je saurai bien la soustraire
Au pouvoir du vieux jaloux.

ISABELLE.

Ah! grand Dieu! que va-t-il faire
Mon Fabrice! mon époux!
Calme, calme ta colère
Ou sinon c'est fait de nous.

PASCAL et AURETTE.

Ah! monsieur, qu'allez-vous faire?
Vous allez gâter l'affaire,
Apaisez ce grand courroux
Où sinon c'est fait de nous.

(1) Fabrice, Isabelle, Aurette, Pascal.
(2) Isabelle, Fabrice, Aurette, Pascal.

PASCAL, à Isabelle.

Voici mon plan : Dans les flancs de cette oie,
Sans qu'on vous voie,
Vous entrez à l'instant.

AURETTE, à Fabrice.

Et vous, monsieur, vous lui faites escorte,
Et par la porte
Vous passez bravement.

TOUS.

Bravo! bravo! C'est parfait, c'est charmant!
Eh! oui, sur ma parole,
L'idée est vraiment drôle!
Allons à notre rôle;
Courage, mes amis!

SCÈNE XV.

LES MÊMES (4), BELTRAN entré à pas de loup, suivi de son
NOTAIRE.

BELTRAN.

Mille démons, qu'entends-je?
Et quel spectacle étrange,
Je vois que l'on s'arrange
Sans prendre mon avis.

(Tous se dirigent vers la coulisse. A cet instant don Beltran, qui
s'était caché, se montre.)

BELTRAN, avec ironie

Ah! bravo! c'est admirable!
C'est superbe! incomparable!
Oui, la ruse est impayable!
Et c'est bien affaire à vous
De tromper un vieux jaloux!

TOUS, consternés.

Quelle scène! C'est fait de nous!

(1) Isabelle, Fabrice, Aurette, Pascal, Beltran, le Notaire.

BELTRAN, à Isabelle.

Viens, ma petite,
Puisqu'on t'invite,
Entre bien vite ;
Point de façons,
Prenons la fuite,
Allons,
Partons !

TOUS.

Plus d'espérance,
Maudite chance,
Sa vigilance
Nous trompe tous.
Hélas! c'est fait de nous!

BELTRAN.

Viens, ma petite ;
Viens, je t'invite ;
Entre bien vite ;
Point de façons,
Prenons la fuite.
Allons, partons !

Beltran a pris Isabelle par la main et la conduit vers la coulisse,
soudain l'Eunuque paraît conduisant une oie gigantesque.)

BELTRAN.

Hein? qu'est-ce à dire?
A mes dépens voudrait-on rire
Je briserai leur complot
Non, non, mordieu! je ne suis pas un sot!

SCÈNE XVI.

LES MÊMES, L'EUNUQUE, JACINTHE, LE CHŒUR (1).

JACINTHE, sortant de l'oie.

Me reconnais-tu?

(1) Fabrice, Isabelle, Beltran, Jacinthe, l'Eunuque, Aurette,
Pascal. — Les Notaires et les Chœurs au deuxième plan.

BELTRAN.
Ciel! ma femme!

TOUS.
Sa femme!

JACINTHE, faisant successivement sortir plusieurs enfants de l'oie.
Et vos enfants!

BELTRAN.
Mes enfants! Mais, morbleu, madame!
Voilà plus de dix ans...

L'EUNUQUE.
Ils sont issus de votre mariage,
Vous connaissez l'adage
Is pater est...

BELTRAN, à mesure qu'il voit sortir des marmots de l'oie.
Deux! trois!

AURETTE.
Hein! trois enfants!
(A Beltran.)
Ah! vous n'avez pas perdu votre temps;
Peste, vous êtes prolifique.

L'EUNUQUE, prenant le dernier enfant par la main. C'est un
tout petit marmot grotesquement attifé.
Ah! pour celui-ci, je le déclare authentique.
(A Beltran.)
Ce sont vos traits, votre bouche, vos yeux,
Votre front, votre nez, tout, jusqu'à vos cheveux!

AURETTE.
Vous qui vous vantiez de connaître
Toutes les ruses de l'amour;
Vous le voyez, un jour,
On peut trouver son maître.
Et cependant le tour
N'est pas bien neuf.

PASCAL.
Cette oie,
Au fond, c'est le cheval de Troie.

L'EUNUQUE.

Rappelez-vous qu'Ulysse, après plusieurs échecs...

AURETTE, l'interrompant.

Bref, c'est un tour renouvelé des Grecs.

ENSEMBLE.

BELTRAN.

Quel transport et quelle rage !
On me berne, l'on m'outrage.
Ah ! les traîtres ! ah ! les gueux !
Je suffoque de colère,
Et pourtant je dois me taire ;
C'est indigne, c'est affreux.
Quel supplice, quel martyre,
Quel tourment, quel embarras !
A peine si je respire,
Non je n'en reviendrai pas.

TOUS.

Comme il peste, comme il rage,
Comme il change de visage !
Voyez donc cet air piteux.
Il suffoque de colère,
Et pourtant il doit se taire.
Dieu ! comme il est malheureux !
Pauvre diable, quel martyre !
Ah ! voyez son embarras ;
C'est à peine s'il respire,
Non, il n'en reviendra pas !

FIN.

Paris. — Imprimerie L. Poupart-Davyl, rue du Bac, 30.

NOUVELLE BIBLIOTHÈQUE DRAMATIQUE

PARIS. — IMPRIMERIE L. POUPART-DAVYL, RUE DU BAC, 30.